KB122713

러브 누아르

한정현 소설

러브 누아르

봄*

차례

러브 누아르

그 여가수가 사라진 건 대략 8, 9년 전쯤의 일
이었다. 선은 그 여가수를 참 좋아했다. 대학가요
제에서 입상은 못 했지만 전국적인 인기를 끈 것부
터가 대단해 보였다. 그해, 그러니까 1978년 대학
가요제에서 누가 상을 탔더라? 그건 다들 기억 못
해도 〈그때 그 사람〉은 모두 기억했다. 뭐…… 남
자들은 삼삼오오 모여 그 여가수가 얼굴은 별로여

도 노래는 끝장난다고들 했지만, 선은 일단 가수에게 얼굴 운운하는 것부터가 어이없는 일이라고 생각했다. 선이 이런 말을 하면 사내들은 선이 못생겨서 편드는 거라고 했지만…… 그게 아니다. 그 여가수는 노래를 진짜 잘했다. 그러니까 미워하면은 안 되겠지. 그래, 그 가사를 듣고 나서야 선은 자신의 고등학교 등록금을 들고 튄 고향의 교회 오빠 새끼…… 아, 아니, 그 남자를 용서할 수 있었을 정도다. 그 여가수의 노래란 그런 힘이 있었다. 선에게는 그게 전부였다. 그 여가수가 저기 푸른 기와집에 들어가 노래를 불렀든 말든, 그래서 푸른 기와집에 사셨던 그분이 김재규의 총에 맞아 숨이 넘어갔을 때 그곳에 그 여가수가 있었든 말든……. 그건 자신하고는 아무 관련이 없다고 생각됐다. 아니, 선이 뭐야. 그냥 음악과 여가수와 그 독재자의 죽음은 아무 상관이 없는 거지. 그게 뭐, 그 여가수

가 노래를 못 부를 이유라도 되나? 그 여가수가 독
재자에게 총질을 했나? (그리고 했으면 뭐? 차마
이 말은 속으로도 못 하는 선이었다.)

하지만 세상은 역시나 선과는 다른 모양이
었다.

한 여자의 성공은 거기서 끝나버린 듯했고 그
여가수의 노래도 사라져버렸다. (한때) 성공했던
여가수의 노래는 어디서도 듣기 어려웠다.

그러게 여자가 너무 나대도 안 좋아. 누군가가
그런 말을 했고 어느 순간부터는 그런 말조차 들리
지 않게 되었다. 감히 독재자의 죽음을 목격한 사
람 아니냔 말이다.

그렇다면 선은?

노래도 못하고 짝사랑도 이루지 못하고 고등
학교 등록금은 이루지 못한 사랑과 함께 사라져서
그길로 직업 고등학교에 입학한 뒤 공장에 취업했

던 선은 잘 살고 있나.

성공한 여가수는 사라졌다지만, 그러니까 성공하지 못한 여자 선은 잘 살아가고 있었나?

선은 최근 길을 가다 자주 아는 사람들에 의해 팔이나 옷자락, 어깨를 잡아채이곤 했다. 그것은 선의 지인들이 남달리 무례하거나 순발력이 뛰어난 자들이라서라기보다는 근래에 선을 본 기억이 그들에겐 없기 때문이다.

미쓰 막걸리.

이것은 선의 별명이다. 선은 모르는 별명. 그러니까 언제부터인가 사람들 사이에 선은 일명 '미쓰 막걸리'로 불리고 있었다. 아무래도 어느 날 출근 후 퇴근하지 못한 채 선이 자취를 감추게 된 것이 그 유명한 '막걸리 보안법'에 걸려서가 아니겠냐는 거였다. 이름은 좀 우스울지 몰라도 막걸리 보안법이라고 한다면 1960년 그때 그 사람 아니, 그 대통령이 막걸릿집에도 형사들을 풀어 조금이라도 의심스러운 인물을 잡아냈다는 바로 그것이었다. 하지만 그 대통령이 죽은 후에도 그건 없어지지 않았다. 도리어 더 심해졌다. 1980년 광주 이후에 말이다. 막걸리 보안법에 걸리면 다시는 막걸리라면 입에도 못 대게 끔찍한 기억을 안게 된다고 할 정도로 무서운 법이기도 했다. 그 보안법에 걸리는 사람들 대부분은 남영동으로 가기 때문이었다. 시체로 나오거나 만신창이로 되돌아오거나 운이 좋아두 발로 걸어 나선다고 해도 서대문형무소 면회실에서나 그 인물을 다시 볼 수 있다는 말이었다. 사람들은 선이 안 보이는 것을 두고 분명하다고 했다.

그러게, 거봐. 여자애가 말이야. 그 애. 그래, 그 애. 박 선.

항상 어두운 낯빛에 웃지 않던 아이. 무슨 여

가수를 좋아한답시고 날마다 메모지에 그 여가수가 부르던 노래 가사를 적어 들고 다니던 아이. 얼굴이 박색이어서 시집가기는 글렀다는 말을 듣고도 얌전히 있을 줄 알았더니만 별안간 고함을 치며 일어서던 아이. 깡시골에서 서울 공장으로 취업했다고 뒤도 안 돌아보고 당당히 떠나버린 아이. 9녀 1남을 키우는 그 집에서 장손 뒷바라지하게 돈 좀 보내달라고 하니 전보마저도 끊어버렸다는 아이. 못생겨서 그런가 성격도 사납구만! 사람들은 선을 두고 그리 말하곤 했다. 그래도 보안법으로 사고 칠 일은 없어 보였는데 한양물산 1년 다니다가 어느 날 갑자기 사라졌다고 하니 사람들은 대체 걔가 무슨? 하다가 별안간 무릎을 탁 치는 것이다. 그래, 걔가 무슨 그 얼굴로 남자 따라갔겠어? 사람들은 그러며 잔뜩 안쓰러운 표정을 짓곤 했다.

남영동 갔겠지.

그렇군. 소리를 꽥 지르고 지 낳아준 부모도 끊어낸 것이 빨갱이야, 빨갱이.

못생긴 애가 불만분자가 되어버렸구만.

지.랄.발.광.하.네.

선의 입장에선 그러했다. 빨갱이고 시집이고 박색이고 간에 그들의 추측은 다 틀렸다. 아니, 사람들의 속내처럼 선은 확실히 남영동 언저리에 가본 것은 맞았다. 하지만 일단 막걸릿집에서가 아니라 회사가 끝나고 서울에서 가장 싼 단칸방들이 몰려 있던 문래동 자취방으로 돌아오던 골목길에서 붙들렸다. 공장 경리 중에서도 말단인 선은 막걸리를 마실 정도로 돈이 많지 않았다. 고작 시급 138원을 받고 50원짜리 막걸리를 어찌 들이켠단 말인가. 하여간 막걸리 보안법에 걸리기엔 돈이 없던 선이었기에 그냥 길바닥에서 붙들렸다. 그렇지만 사람들이 어리둥절해했던 것처럼 선에게는 혐의가 없었다. 때문에 그 유명한, 이른바 '관뚜껑 고문'이라는, 강판에 매달아놓고 무차별적으로 구타하는 고문을 당하지도 않았고, 수건이 뒤집어씌워진 채 물을 흠뻑 들이마시지도 않았다. 고춧가루 물이 어떻게 생겼는지 눈앞에서 생생하게 보았으나 역시 마시진 않았다. 그 정도까지 진행될 정도로 선은 주요한 인물이 아니었던 것이다. 위장 취업한 대학생도 아니었고 말 그대로 흔해빠진 공장 여직원이었으니까. 게다가 진정 운이 좋았다 할 만한 것은 성폭행을 당하지 않은 것이다. 선이 하잘것없이 붙잡혀 들어온 인물이라는 것을 알아서였는지 아니면 담당자가 초보라서 그랬는지 선은 잠시 구석에 머리를 감싸안고 앉아 있었을 뿐이다. 물론 아무리 운이 좋았다 한들 그 기억 자체가 모두 사라지는 건 아니었다. 선은 그 이후로 밤에도 완전히 불을 끄고는 잠을 잘 수가 없었다. 촛불이라는 것이 정말 위험하다는 것을 알면서도 켜두지 않으면 숨이 턱턱 막혀오곤 했다.

선은 남영동에 다녀온 후 문래동 반지하 달방이 딱 남영동 고문실 크기라는 걸 알아차렸다. 작은 자취방은 최악의 트라우마를 가져다주었다. 선은 남영동에 다녀온 후 내내 밖을 떠돌다가 지쳐 쓰러질 때쯤 들어가 잠만 자야 했다. 눈을 가리고 들어갔던 남영동 그 작은 방이 생각났기 때문이다. 운이 좋게도 관뚜껑에 매달리거나 성 고문을 당하진 않았다고 한들⋯⋯. 그러니까 그게 운이 좋았던 건 맞나? 그 대가로 지불된 것은 공장 해고였다. 하긴, 그 공장에 계속 다녔다가는⋯⋯ 남영동에서 안 당했던 그 짓까지 당했을지 모를 일이었으니⋯⋯. 어쨌거나 이런 마당이다 보니 선은 대관절 길에서 누군가를 알아보거나 설사 알아봤다 한들 먼저 반

갑게 인사할 주의력이 없었다. 그러니 선은 어딘가 종종걸음 치다가 그들을 인지하지 못하고 지나치는 경우가 많았다.

그렇다면 선은 그것을 어떻게 받아들였을까.

그렇게 팔이나 옷자락, 어깨를 잡혀 뒤돌아보게 되면 걸음 속도가 의지와 다르게 늦춰졌지만, 대부분의 경우에 선은 그렇게까지 기분이 나쁘진 않았다. 남영동 이전에도 선은 대체적으로 뒤를 돌아볼 수 있는 여유가 있던 적이 별로 없었다. 공장이 돌아가면 밤늦게까지 남아야 하는 게 공장 직원의 도리였으니까. 야근을 안 한 날이 없었고 일요일 출근도 예사였다. 어찌 본다면 자신의 과거를 알고 있는 누군가들을 일부러 찾아갈 일은 이제 없었으므로 차라리 이런 우연이 반갑기도 했다. 일일이 사람들에게 해명하기보다는 누군가 알게 되면 반대로 소문을 내줄 터였다.

오랜만에 마주친 직업 고등학교 동기는 선을 신기한 듯 바라보다 질문들을 쏟아냈다. 말이 길어질 모양이었다. 선은 가만히 가방을 추슬렀다. 가방 안에 가득 든 원고가 쏟아지기라도 하면 큰일이었는데 다행히 그러진 않았다.

선, 요즘 너 뭐 먹고 살아?

회사 다니지, 공장 경리가 뭐 할 일 따로 있니.

아직 다녀? 다른 곳?

응. 먹고 살 일 없으니까.

다행이다, 얘.

딱 봐도 그 애는 선의 말을 믿지 않는 눈치였다. 아마 할 말이 있어서 선을 잡은 모양이었다. 하긴, 이 애뿐 아니다. 모두들 그러니까.

얘, 선아. 그게 우리 이제 시집갈 나이잖니. 벌써 스물넷이면 아휴, 우리 이미 늙었는데. 사람들이 니가 회사 짤리고 다방 레지 되면 어쩌냐고 그렇게 걱정들을 해.

응, 그렇구나. 근데 너 결혼하니?

어머, 얘. 박 선 이것 봐. 아주 너 귀신이다. 너 올 거지?

선은 망설임 없이 고개를 끄덕였다. 청첩장 주려고 얼마나 애가 탔을까. 이렇게 안 마주쳤으면 하객 하나 잃은 건데. 선은 당연히 가야지, 하는 웃음을 지어 보이며 청첩장을 챙겨 넣었다. 요즘 결혼 열풍이기는 했다. 스물넷이라니, 뭐 동기 중에는 그리 빠른 편도 아니었다. 건실한 가족을 만들어 잘 먹고 잘살자는 말이 온 서울 거리를 메우는 중이었으니까. 동기는 선을 가만히 뜯어보는 눈치였다. 역시 눈치가 빠한 애였다.

선, 너 근데 가방이 크다?

그럼 그렇지, 선이 있던 세계에 여성들은 가방이 클 필요가 전혀 없었다. 직업 고등학교에서는 더 그랬다. 교과서는 필요 없었고 방학 때는 빨대 공장에 취업을 나가느라 바빴으니까. 말만 고등학교지, 완전 공장 뺑뺑이 돌리기였다. 악덕 교장을 만나면 그나마 월급도 못 받는다는 말도 있었다. 하지만 그렇다고 한들, 이제 고등학생도 아닌데 뭘 어쩌겠는가. 이번엔 선이 동기를 빤히 바라봤다.

왜? 여기에 무슨 삐라라도 들었을까 봐? 나 고발하게? 그럼 나 니 결혼식 못 가는데?

동기는 무슨 말이냐며 웃음을 지었지만 선을 여전히 유심히 보는 모양새였다. 하긴 누가 형사고 프락치인지 모를 지금은 1987년이었다. 선은 깊은 숨을 내쉬고 이내 가방을 열어 종이 하나를 꺼냈다.

자, 여기 봐. 이거. 니가 마음이 안 좋을 수 있지. 괜히 나중에 나랑 대화한 거 걸릴까 봐 걱정일 수도 있고.

동기는 아휴, 얘, 무슨 말이니 그게, 하면서도

선이 건네준 종이를 빼앗듯 가져가 한참이나 읽어 내려갔다. 그러다 고개를 들어 선에게 물었다.

선아, 이게 다 뭐야?

소설.

어머, 어머! 공순이가 야, 너 대단하다. 너 언제 이런 거 배웠어? 이게 그 유명한 무협 소설 뭐 그런 거니?

자세한 설명은 필요하지 않을 거였다. 선은 가볍게 고개를 끄덕였다.

어머, 나는 신문에서 보고 남자들이나 쓰는 줄 알았는데.

선은 별거 아니라는 듯 어깨를 으쓱해 보였다. 이제 선 너도 그런 작가들처럼 부자 되는 거야? 남자들처럼 호텔 바도 가고? 동기는 벌어진 입을 다물지 못하다가 이내 의아한 표정을 지어 보였다.

근데 왜 제목이 없어?

선은 다시 가방에 종이를 넣으며 심드렁히 말했다. 있어, 왜 없겠어? 응? 제목이 뭔데 선?

"서울 누아르."

《서울 누아르》

선은 그 말을 마지막으로 유유히 자리를 떴다. 결혼식에 꼭 오라는 친구의 말이 멀어질 때쯤 선은 숨을 조금 내쉬었다. 저 애가 알아서 떠벌리고 다녀줄 소문은 반가웠지만 그래도 과거는 항상 사람 발목을 잡고 한숨을 내쉬게 한다. 특히 선처럼 내세울 것 없는 사람일수록.

그러니까, 그렇다고 해서, 길에서 아는 사람을 만나 잠시 여유를 가졌다고 해서 말이다.

그 자리에 서서 붙잡힌 김에 되돌아보기, 인생 전반을 회고하기. 이런 것들을 할 순 없었다. 선에게는 그럴 만한 여유까지는 없었다. 이 원고를 가지고 얼른 가야 할 곳이 있었다.

게다가 여기가 어디란 말인가, 1987년 이곳, 이곳이 어디란 말인가. 여기는 서울이다.

생각해보자.

차라리 서울에 대해서, 선 자신의 과거 말고 이 황량한 사막 도시 같은 그냥 도시 서울에 대해서.

서울은 어떤 곳인가.

서울은 동물원이다, 그것도 맹수들이
서식하는. 서로를 물어뜯지 못해 안달이 난
사람들. 약한 사람에겐 약하고 강한 사람에겐
강한. 서울은 왕궁이다. 그야말로 계급이
분명한 이곳, 서울에서 하위 계급이라는
것은 그야말로 인간 취급이란 없다는 뜻이다.
서울은 병원이다. 온갖 경쟁을 뚫으려다

보니 정신이 남아날 리가 없다. 육체는 말할
것도 없다. 하루에 열두 시간 일하는 것은
기본, 우리는 주 6일을 빙자한 7일 체제다.
일요일에 하나님이 아닌 부장님을 만나도
이상하지 않은 이곳. 서울은 목욕탕이다. 속옷
한 장까지 다 내줘야 하는, 그러고도 수치를
몰라야 하는 이곳은 서울이다.
무엇보다 이곳은…… 남자와 여자를
짝지어준다는 사이비 종교의 거대한 운동장과
같은 판이다. 남자와 여자는 무조건 사랑에
빠지고 엉겨 붙는 줄 아는…… 서울은 그런
곳이다. 그 끝은 결혼이어야 하는 막장
드라마. 그 결혼이 행복이든, 이혼 특급
열차든 여자는 나이가 차면 폐물 취급당하는
그곳이 서울. 이곳에 '나'는 없다.

선은 어느새 자신이 가방 속 원고를 꺼내 읽고 있다는 걸 깨달았다. 아니, 그것도 아니지. 자신은 서울이 아닌 자신의 과거로 간 것이다. 그러니까 약 1년 전. 사람들 사이에서 미쓰 막걸리가 되기 전 그냥 미쓰였던 한양물산 2층으로 말이다.

…… 이곳은 서울이다…….

1986년 어느 여름. 선은 자신도 모르게 옆자리를 힐긋거리며 그 말을 중얼거렸었다. 아니, 사실은 중얼거릴 뻔했다는 말이 옳을 것이다. 역대 최고 온도를 기록했다는 삼복더위의 서울이라지만 아직 그 정도 인지는 남아 있는 선이었다. 여기는 나의 집이 아니다. 문래동 쪽방이긴 해도 혼자 있을 수 있는 그곳이 아니다. 모두가 일하고 있는 한양물산 2층 사무실이 아닌가. 8월의 더위에도 선풍기 두 대로 버텨야 하는 시절이었다. 그나마 선풍기 중 한 대는 주임의, 또 한 대는 당연하지만 부장의 몫이었다. 선을 포함한 여성 직원들 대부분은 직원용 유니폼이 땀에 전 순간을 견디고 견뎌야 하는 이곳. 하긴, 그나마 공장 안에서 이 순간까지 작업하고 있는 사람들보다는 나을 것이다. 공장이라는 곳은 맨손이 사포로 사용되는 곳이니까. 선풍기는커녕 허리를 펴고 손부채질 할 틈도 없는 곳. 선은 저도 모르게 한숨을 내쉬었다. 직업 고등학교라도 보내서 주판이라도 두들기게 해준 부모에게 감사해야 하려나 싶었고 하지만 이곳이 자신의 최종 정착지라는 생각을 하면 무언가 억울하기도 했다.

그러니 그런 것이다. 무슨 말이냐면 그러니 자꾸만 사라진 그 여가수의 노래를 몰래 흥얼거리게 되고, 자꾸만 옆자리 미쓰 리 언니의 노트를 훔쳐보게 된다는 말이다. 여가수는 사라졌다지만 옆자리 언니는 볼 수 있었으므로, 미쓰 리 언니가 날마다 무언가를 끼적이는 그 노트를 선은 외면하기 힘들었다. 대관절 이 언니는 뭘 이렇게 쓴단 말인가 싶어서 보면…… 결국 저런 거다. 대체 무슨 말인지 모를, 한국어가 맞나 싶은 이상하고 누가 볼까 걱정되는 괴상한 소리들. 그런데 그게 차암 특이한 게 읽으면 읽을수록 더 읽고 싶고, 그 뒤에는 무슨 말이 또 튀어나올지 궁금하다는 거다. 대체 저건 누구한테 하는 말일까? 편지일까, 아니면 이 팍팍하다 못해 퍽퍽한 한양물산 놈들에게 하는 암호 같은 욕일까. 욕이면 더 좋긴 한데. 둘 다 재밌을 거 같다. 어쨌거나 기이하게 미쓰 리 언니의 이상한 낙서를 보고 있으면 선은 그런 상상이 자꾸만 발동했다.

미쓰 리 언니.

그러게, 사무직이든 공장직이든 이름으로 불리지 않는 이곳에서 여자들에게 이름은 없다. 하지

만 이름 대신 어떤 가오랄까, 분위기랄까. 그러니
까 유독 도드라지는 그런 거 말이다. 그런 것이 이
언니에겐 분명히 있다. 선이 이곳에 취직한 첫날,
미쓰 리 언니는 미쓰 김, 미쓰 윤, 미쓰 최 언니 중
유일하게 선에게 이런 말을 했었다.

　안 웃어서 다행이에요. 여기서 웃으면 딱 두 꼴
이거든요. 임신 아니면 낙태.

　섬뜩한 말을 웃지도 않고 내뱉던 미쓰 리 언니
를 보고 선은 이 언니가 자신을 도와줄 사람인지
아닌지 처음엔 반신반의했었다. 여자의 적은 여자
라는 말을 사람들은 뭐가 뭔지도 모르고 달고 살았
고 심지어 그렇게 되기 위해 따라 하는 것처럼 보
였으니까. 혹시 이 언니도 나를 적으로 보는 건가,
선은 뭐가 맞는지 어려웠다. 하지만 그다음 달이
되고 나서야 미쓰 리 언니의 말이 진실임을 깨달을
수 있었다.

미쓰 김 언니가 갑작스레 회사를 나오지 않았다. 선은 어리둥절했다. 웃지도 않느냐고, 여자애가 그리 애교가 없어서 어쩌냐고 쑥맥 같다고 욕을 먹던 선과는 달리 미쓰 김 언니는 항상 웃는 얼굴로 부장과 사이가 제일 좋았다. 부장은 회식할 때면 꼭 미쓰 김 언니를 옆에 앉혔던 사람이다. 그런데 갑자기 미쓰 김 언니가 그만두다니? 회사에 가장 오래 있을 거 같은 사람이었는데……. 하지만 미쓰 윤도 미쓰 최도 모두 미쓰 김 언니의 행방에 대해 궁금해하지 않았다. 도리어 당연하다는 눈치였고 이젠 누가 부장 옆에 앉게 될지 걱정하는 듯 어딘지 설레는 듯 알 수 없는 긴장감을 나누는 것이 우선인 눈치였다. 그들을 바라보던 선은 그날도 걱정하는 대신 낙서를 쓰고 있는 미쓰 리 언니에게 슬쩍 보리차를 가져다주며 선견지명을 다시 한번 들어볼 작정을 했다.

언니.

왜요.

미쓰 김 언니 결혼하시는 거예요? 왜 그만둔
거예요?

결혼하면 자동 퇴사니까 그게 제일 적당해 보
여서 물은 거였는데 미쓰 리 언니는 심드렁하게 말
했다.

잘 웃었잖아요.

네?

임신.

결혼하신 거예요?

아니, 임신이요.

그니까 결혼하신다는 것인지…….

결혼 전 임신하면 망신인 세상이었으니까 선
은 그리 물었는데 미쓰 리 언니는 낙서를 멈추고
선을 바라보며 한 자 한 자 또박또박 말해주었다.

낙태하라고 부장이 돈 줬을 거라고요.

미쓰 리 언니는 그러면서 사무실을 한 번 훑었다. 미쓰 윤 언니와 미쓰 최 언니가 미쓰 리 언니와 이야기하는 선을 안 보는 척 힐긋거리고 있었다. 그들은 미쓰 리 언니를 어려워했다. 항상 선에게 미쓰 리 언니가 무슨 말을 했냐고 묻곤 했다. 그러면 선은 입을 다물었다. 왠지 그게 의리 같아서. 그 의리를 아는 걸까, 미쓰 리 언니는 그러고는 선을 향해 이전보다도 힘을 주는 말투로 물었다.

미쓰 박은 나중에 뭐가 되고 싶어요?

선은 갑작스러운 미쓰 리 언니의 질문에 이상하게도 어깨가 들썩일 정도로 놀랐다. 뭐가 되고 싶다, 하는 질문 자체를 받아본 적이 없었다. 선은 충청도 어느 시골 마을에서 9녀 1남 중 다섯 번째로 태어난 딸이었다. 아이구, 또 딸이야? 산파가 이 한마디를 남기고 휙 던졌다는 이야기만 들었

다. 선이라는 이름은 멀쩡해 보이지만 사실 자(子)
자조차도 붙이기 귀찮았던 아버지의 마지막 선택
이었다. 그나마 호적에 올려준 게 다행이라고 할머
니는 유일한 1남인 손자가 사고를 칠 때마다 딸들
을 세워두고 호되게 머리를 쥐어박곤 했다. 장손
머리는 쥐어박을 수 없으니 딸들을 세워놓고 때린
거였다. 뭐가 되고 싶냐, 보다는 어떻게 먹은 쌀을
갚아낼 거냐는 말을 듣고 자랐다. 첫째 딸이 서울
공장에서 팔이 잘렸는데도 딸들을 줄줄이 올려 보
낸 집안이었다. 큰언니가 연락이 안 되는 게 집안
살림에는 다행이라고들 하면서……. 선이 그 여가
수의 노래를 듣는 걸 알고도 집안은 뒤집어졌었다.
애가 배때기가 불러서 그런 거나 듣고 있다는 거였
다. 그 노래를 듣는 게 얼마나 마음에 평안을 주는
데, 선이 그렇게 말하자마자 그걸 들으면 쌀이 나
오냐고 묻는 게 이 집 어른 아니 인간들이었다.

미쓰 박 되고 싶은 거 없어요?

선은 다시 되돌아왔다. 미쓰 리 언니가 자신을 말똥히 올려다보고 있었다. 막상 이렇게 자세히 미쓰 리 언니 얼굴을 본 것은 처음이라 선은 좀 쑥스러운 기분이 되었다. 미쓰 리 언니의 눈동자가 너무나 또렷해서 거기에 자신이 비춰지는 게 신비로웠을 수도 있었다. 저렇게…… 사람의 눈이 무섭지 않고 맑을 수가 있구나……. 하여간 처음 느끼는 기분과 질문이었지만 선은 가만히 그 질문을 따라가보기로 했다.

저는…… 주판을 좀 잘하는 사람이요.

겨우 생각해낸 거였다. 하지만 진짜였다. 직업 고등학교를 다닐 때 수학을 곧잘 해서 칭찬받던 선이었다. 주판도 1등이었고 그 덕에 담임이 추천서를 써줘서 일찌감치 이런저런 공장 경리로 들어갈 수 있었다. 그땐 나이를 속이느라 지금보다 더 못

받았지만. 그래도 주판을 더 잘해서 언젠가 광화문에서 본 정장 입은 여자들처럼 되고 싶…… 그런 생각을 하던 선은 고개를 크게 저었다. 어쩌다 이런 상상을, 미쓰 리 언니가 자신을 얼마나 비웃을까 싶었는데 미쓰 리 언니는 선을 가만히 보더니 이렇게 답했다.

그러면 정말 웃지 마요, 끝까지 이 회사에 남아야죠.

선은 그 말에 도리어 말문이 막혔다. '니가 뭐라고, 시집이나 가라.' 선이 그런 말을 하면 대부분 이런 답이 돌아오곤 했었다. 선의 말이 잘못되지 않았다고, 선이 그렇다면 그게 맞다고 해준 건 미쓰 리 언니가 처음이었다. 그러나 선이 뭐라고 하기 전에 부장이 들어와 미쓰 윤 언니를 불렀다. 얼굴은 우는 표정이면서도 입가에 미소가 들키지 않게 꾹꾹 숨겨져 있었다. 미쓰 윤이 들어가자마자 미쓰 최가 쌍욕을 날렸다. 아 씨발, 저게 팔자 펴는 거 아니겠지? 미쓰 윤이 불려 가는 모습을 보며 선은 미쓰 리 언니의 등에 대고 고개를 크게 끄덕였다.

네, 안 웃을게요. 꼭 그럴게요.

저는 제 자신으로 먹고살게요. 선은 그 말까지는 소리 내어 하지 못했다.

그 뒤에 미쓰 리 언니와 딱히 무슨 이야기를 계속한 건 아니었다. 하지만 선에게 있어서 그 여가수 다음으로 신비롭고 대단해 보이는 건 역시 미쓰 리 언니가 분명했다. 미쓰 리 언니는 아무것도 안 했다. 말 그대로 회사에 출근해서 시키는 일만 하고 그 어떤 말도, 웃음도, 분노도 보여주지 않았다. 어느 날엔가 다른 여직원들과 달리 커다란 미쓰 리 언니의 가방을 슬쩍 보니 소설책과 카세트테이프 플레이어가 들어 있었다. 혹시 이 언니도 그 여가수를 좋아하나, 물어보진 못했다. 왠지 취향이

대단할 것 같아서. 어른들한테도 그 여가수 이름을 말하면서 그 여가수가 뭘 그리 잘못했냐고, 하여간 여자가 멋지고 잘나고 재능 있으면 안 되는 거냐고 고래고래 소리를 질러보던 선이었는데, 미쓰 리 언니 앞에선 쑥스러웠다. 뭔지 몰라도 하여간 멋있다, 선은 저도 모르게 그런 말을 중얼거리기도 했다. 그러니까, 세상 다른 것 말고.

미쓰 리.

대체 언제부터 멋졌던가?

출근하면 부장과 주임, 계장과 신입 남자 직원들의 보리차부터 시원하게 챙겨두는 선과 달리 미쓰 리 언니는 웃음기 없는 표정으로 자기 자리부터 박박 닦는다. 보리차도 본인부터 부장 컵으로 한 컵 시원하게 넘긴다. 이게 제일 비싼 거 알죠? 선에게도 쓰라는 듯 속삭여주었다. 물론 선은 물이 코로 넘어갈 것 같아서 절대 그러지 못했다. 깨지기라도 하면 어떡하나, 코펜하겐인가 뭔가 그런 외제라던데 말이다. 커피값이 60원이라면 선의 시급은 고작 138원이었다. 그나마 사무직이니까 그랬지, 공장에 있는 애들은 50원도 못 받는다고 들었다. 그런 와중에 저 컵이라도 깼다가는…… . 선은 그런 상상만으로도 소름이 오소소 돋았다. 몇십 년 동안 이곳에서 노예처럼 일해야 할지도 몰랐다. 미쓰 리 언니가 아무리 멋있어도 선은 자신은 그렇게 못 될 거라는 생각이 들었다. 아니, 미쓰 리 언니도 이곳에선 최하체다. 왜냐면 여자고 흔해빠진 공장 경리니까. 동물원의 최하체로 취급받는, 왕궁의 무수리급으로 대우받는, 병원의 1인실도 아닌 다인실의 장기 입원 환자 같은 신세 말이다. 작은 일 하나라도 잘못했다간 더 큰 짐을 짊어져야 하는 사람들. 목욕탕에서 탕의 끝자락도 아닌 샤워부스만 지켜야 하는 그런 존재. 뭐가 되고 싶은지 물어봐준 깃은 고맙지만 과연 정말…… 벗어날 수 있을까.

한번은 이런 일이 있었다.

다 죽여버리자!

올림픽 개최 때문에 대기업 주문이 밀려들어서 몇 주째 일요일 출근이 이어지던 날이었을 거다. 공장 노동직인 미쓰 최 언니가 별안간 사무실로 달려들었다. 손톱은 다 깨져 있고 더위에 얼굴이 벌게진 채로 주먹을 불끈 쥐고 있었다. 하지만 아무도 두려워하지 않은 건 당연했다.

앉아. 주판 두드리는데 정신 사나워.

주임은 저 한마디를 남겼고, 부장은 좀 더 하이레벨의 진언을 남겼다.

미쓰 리. 아니다. 미쓰 윤인가? 아무튼 너 선김에 커피 타 와.

아무도 그 사람의 이름을 몰랐기 때문에 모두가 아무 말도 할 수 없었다. 미쓰 최라고 불리는 그 언니의 본명이 무언지, 언니가 주먹을 불끈 쥔 채 그대로 걸어 나갈 때까지 듣지 못했다.

사실 가끔은 선도 자신의 이름을 까먹는다. 선은 이곳에서 미쓰 박으로 불린다. 여긴 많은 미쓰들이 있다. 언제나 대체 가능한 미쓰들.

미래는 사실 상상해본 적이 없다. 텔레비전 드라마에서 본 사람들처럼 되고 싶다고 생각할 뿐.

그래, 그게 벌써 1년 전의 선이었다. 상상이라는 걸 하는 데 돈이 드는 것도 아닌데 한 번도 안 해봐서 못 했던 박 선이 있던 시절.

하지만 지금, 그러니까 남영동에 다녀온 뒤 여성 독서 모임에 들어가면서부터 선은 바뀌었다. 지금의 선이라면 아마 이런 상상을 할 것이다.

성공한 박 선에게 누군가가 찾아온다.

안녕하세요, 박 선 님. 당신을 대상으로

드라마를 쓰고 싶습니다. 이를테면 〈구남매〉

같은 드라마죠.

그 말을 들은 상상의 선이 발끈한다.

어째서 〈구남매〉예요!

하, 거기 식모가 나오거든요.

아니, 뭐라고요? 저도 대하드라마 주인공

하고 싶어요!

불가능합니다.

어째서죠?

성공하긴 글렀으니까요.

아니, 왜요?!

왜요라뇨, 당신 여자잖아요. 지금은

80년대라고요! 30년 후라면 몰라도

80년대요!

불량 나무젓가락을 꺼냈을 때처럼 한껏 기대가 어그러지는 상상. 그래도 상상이라도 한다, 이제 박 선은. 다만 누군가 성공한 여성의 일과 사랑에 대해 쓴다고 하면 적어도 이 시대는 실격이다. 여자는 항상 집안의 구박데기 정도의 배역을 하다가 남자에게 버림받고서야 각성하는 역할이다.

게다가 사랑이라니……? 삼십대가 되기 전 시집가라는 소리를 귀에 딱지가 앉게 듣고서 선 몇 번 본 뒤 결혼이다. 도통 사랑하기 쉽지 않으니까. 게다가 대도시는 서울 하나인데 지방에서 올라온 여성들은 대부분 선과 같은 처지다. 집안이 어려운 장녀라든가, 아들 낳으려고 줄줄이 뽑아낸 머릿수 채우기용 딸과 같은 선의 처지. 가끔 사람들은 여자끼리의 싸움을 부추기는 것도 같았다. 그래봤자 물론 결론은 그저 그런 상대와의 결혼. 미쓰 리 언니처럼 멋진 사람은…… 세상에 없을 테니까. 저도 모르게 미쓰 리 언니와 손을 맞잡고 결혼행진곡 사이를 유유히 걷는 상상을 하던 선은 누가 보는 것도 아닌데 소스라치며 고개를 저었다. 하지만 역시 연애를 한다면 정말 그런 사람과 하고 싶은 선이었다. 상상이니 해도 되지 않을까, 내 처지라도……. 선은 그러면서 자신의 처지를 다시 되새겨보았다.

전 한양물산 경리.

하지만 역시나, 선은 조금 달라졌다. 왜냐면 선의 처지에 하나가 더 추가되었기 때문이다.

현 여성 노동자 독서 모임 〈아카시아〉의 일원.

선은 거기까지 하고 상상을 멈췄다. 선이 여기까지 온 건 모두 미쓰 리 언니로부터다. 그러니까 그날, 다시 문래동 골목길에서 붙들렸던 그 시간으로 가보면 그곳엔 미쓰 리 언니가 있었다. 남영동 형사 놈들은 처음부터 미쓰 리 언니를 붙잡으러 선을 잡아넣은 거였다.

이름을 모른다는 게 말이 돼!

형사들은 선이 1년 넘도록 대화를 나눈 미쓰
리 언니의 본명을 모른다는 걸 믿지 않았다. 점심
도 같이 먹고 믹스커피도, 보리차도 타 마셨다면
서 이름을 모른다니. 심지어 조직적으로 뭉쳐서 부
장의 컵을 써놓고도 모른다고! 너희는 부장의 컵
으로 암호를 주고받은 거야! 선은 사실 그 순간 어
이가 없어서 웃음이 터져버렸고 그 덕에 안 맞아
도 될 뺨을 맞았다. 하지만 이거 원, 어이가 없어서.
빨갱이 만들기도 가지각색이었다, 참. 독재자가 죽
고 난 뒤 나타난 독재자는 더한 놈이었던 거다. 빨
갱이에 미친놈. 진성 빨갱이 바라기. 전 국민을 빨
갱이로 만들 기세였다. 뭐, 생각해보면 1년간 이야
기한 사람 이름을 모른다는 게 남자들에게는 의아
한 일일 수도 있었다. 선이 자신을 남자라고 가정

하고 생각해보면 웃기긴 했는데, 사실 여성 노동자들에겐 이름 따위는 없었다.

그게, 그 언니도 제 이름을 모를걸요?

거기까지 가고 보니 선은 몸에서 영혼이 빠져나간 사람이 되어 평소라면 할 수 없는 말이 줄줄 흘러나왔다.

선은 그 언니에 대해 아는 것이 없었다, 그러고 보니. 오히려 형사들을 통해 알게 된 사실이 있었으니, 그 언니가 무슨 여성 노동자연대 대표라는 거였고 그 전에는 야간 전문대학도 잠시나마 다니던 사람이었다는 거였다. 아, 그런데 그 언니 집안이야말로 가난해서 일찌감치 대학을 그만둘 수밖에 없었다는 것도. 선은 이미 두려움에 체념해버렸기 때문에 오히려 말이 줄줄 나왔다.

아저씨, 그게 말이 돼요? 아무리 야간대라고 해도 대학 다니던 사람이 뭣 하러 그런 이상한 공장에를 다녀요? 거긴 동물원 같은 데예요.

하, 요거 봐라. 그년이랑 어울려 다녀 그런가 멋드러진 말을 다 써대네.

남영동 놈들은 선의 이마를 툭툭 치며 그렇게 말을 돌렸다. 선은 잠시나마 그 새끼들 싸대기를 갈기고 침을 뱉어주는 상상을 했다. 인간으로 태어나 뭐가 모자라 독재자 따까리나 하세요, 이 잘난 남자 놈들아. 하지만 아무리 선이 두려움에 체념했다 한들 그런 말은 못 했다. 선은 대신 진짜 궁금한 것을 물어봤다.

그러면, 그 언니가 쓰던 게 대체 뭐예요? 삐라 같은 거예요?

선의 질문에 형사들은 선의 뒤통수를 한 대 크게 갈겼다. 우리가 어떻게 알아, 그걸 알아내려고 하는데 쌍년이!

선은 뒤통수를 맞고 나서 다시 한번 영혼이 빠

져나가는 걸 느꼈고 사실 그 뒤엔 별 기억이 없었다. 며칠 후 풀려났고 공장에서 잘렸다는 거밖엔. 선을 풀어주면서 막내 형사로 보이는 앳된 얼굴이 그런 말을 했던 것도 유일한 기억 중에 하나였다.

그 미쓰 리란 사람하고 독서 모임 같은 거 안 갔어요? 여성 노동자 독서 모임이라고 있는데. 아카시아니 뭐니 그 이름도 다 암호예요. 아카시아 질긴 뿌리가 다 빨갱이 암호라고요. 그런 데 혹시라도 다시 가지 마요. 시골에 계신 늙은 부모들 아직 나요.

하, 아쉽다. 아카시아 뿌리가 뭐……? 무슨 국어 선생 나셨다. 나 팔아먹고 언니 팔아먹은 부모라는 연놈들 치울 수 있는 기회였는데……. 선이 그런 말을 하자 그 형사는 한숨을 내쉬었다. 저 착한 얼굴도 나중엔 선을 때린 그놈처럼 바뀔 거였다. 하긴, 나쁜 놈들은 뭘 해도 잘 사니 그러나저러나

상관 없었다. 왜냐. 선은 남영동에 있으면서 하나
는 똑바로 알게 되었다. 자신이 미쓰 리 언니 생각
뿐이라는 걸. 선은 미쓰 리 언니가 자신에게 인생
을 가르쳐줬구나 싶었다.

여성 노동자 독서 모임. 〈아카시아〉.

우리 같은 사람도 책을 읽는단 말인가. 선은 그
단어들이 왜인지 자신에게 걸어와 박히는 기분이
었다. 문래동 집으로 돌아가자마자 선은 벽지를 뜯
어내 미쓰 리 언니가 선에게 신신당부했던 종이 뭉
치를 꺼냈다. 그 이상한 낙서 같은 것들 말이다. 이
게 무슨 빨갱이 서신이란 말인가? 여성 해방을 부
르짖는 빨갱이 차라리 만나보고나 싶었다.

미쓰 리 언니, 그리고 서울 누아르. 여성들은
다 죽어 나간다는 그 서울의 이야기들.

'언니, 미쓰 리 언니. 그러면 여기에는 성공한

여자들은 안 나와요?'

'성공? 여자의 성공이 뭔데요?'

'음. 내가 생각하기에 뭐 좋은 남자 만나서 집도 있고 애도 뭐 서울대 보내고 그러면⋯⋯.'

'〈영자의 전성시대〉 영자처럼?'

'뭐, 그렇죠.'

'그건 여자가 성공한 게 아니고 여자 남편이 성공한 거죠.'

'네? 남편의 성공이 내 성공이고 아들의 성공이 내⋯⋯.'

'미쓰 박 잘 들으세요.'

'네?'

'그런 이야기는 없어요. 〈영자의 전성시대〉 영화 말고 원작 소설 결말이 뭔지 알아요? 영자 죽어요. 남자 주인공 말고 영자만 불타 죽어요.'

'네? 그럼 영화는 왜?'

'남자와 여자가 결혼해서 애 낳고 나라를 위한 일꾼 만들기. 독재자의 계획이죠. 여자가 성공하는 소설? 이야기? 그런 장르? 앞으로는 몰라도 지금은 없어요.'

'장르? 장르가 뭐예요?'

'주제요. 여자가 성공하는 장르가 있다고 하면 나는 그걸 세상엔 없는 이야기, 환상 소설이라고 하겠어요.'

선은 다소 화나 보이는 미쓰 리 언니에게 딱히 답을 하지 못했었다. 어릴 때부터 그런 말을 귀에 못이 박히도록 들었던 선이다. 자고로 여자란 남자에게 시집을 잘 가야 팔자가 편다는 말. 그게 바로 여자의 성공이란 말. 서울로 가는 것도 농사짓는 남자보단 공장이라도 다니는 남자를 만나야 하기 때문이라고들 했었다. 선은 그때까지만 해도 미쓰 리 언니는 진짜 신기한 사람이라고만 생각했다. 대체 왜 저렇게 화가 많이 났을까 싶었다. 어차피 군대도 못 가서 나라를 위해 죽을 수도 없는 여자들인데 우리는. 어릴 때부터 그리 배웠으니 이런 생각을 했던 거다. 하지만 미쓰 리 언니와 알게 된 후, 선의 눈에도 너무 많은 것이 보이기 시작했다. 손톱이 다 빠지도록 일을 하는 여성 노동자들, 픽픽 쓰러져서 어디론가 업혀서 나가면 다신 못 돌아오는 사람들. 딸이라서 호적에 오르지 못해 병원 진료도 못 받고 떠돌았다는 이야기들, 그러다가 먹고살 일 막막해 어느 섬으로 팔려 갔다는 이야기들. 대체할 딸들은 세상에 여전히 많았으니까. 한양물산 2층도 여전했다. 부장 방으로 수많은 미쓰들이 자주 들락거렸다. 부장의 큰아버지가 대통령과 가까운 사이라던가. 그래서 이 회사도 만들어줬다던가. 그런 말들은 부장의 명령을 거부하지 못하게 하는 족쇄가 되었다. 부장 방으로 불려 들어간 미쓰 언니들은 하나같이 배가 불러 회사를 나갔다. 그 언니들은 다 어디로 간 걸까. 그 아이들은? 가끔 선은 그런 생각을 했다. 더불어…… 여자가 일과 사랑에서 성공하는 그런 소설은 없을 거라던 미쓰 리 언니의 말도. 그럼 미쓰 리 언니는 또 어디로 간 걸까.

저기, 미쓰 박. 저 이것만 좀 맡아줘요.
미쓰 리 언니가 사라지던 날이었다. 선은 혼자 잔업을 처리하고 있었다. 잔업이라 해봤자 다음 날 있을 한양물산 체육대회의 비품을 정리하는 일이었다. 아무도 없는 사무실에서 해방감을 느낀 탓일까. 선은 평소라면 절대 하지 않을 행동을 했다. 부장이 그리 아끼던 카세트에 그 여가수의 테이프를 걸었다. 지금은 어디에서 행복할까! 이 가사가 나오는 시점엔 선도 대걸레 막대를 붙들고 온 힘을 다해 노래를 불러젖혔다. 어쩌다 한 번쯤은 생각해 줄까아. 선은 잠시나마 그 여가수가 다시 재기에 성공하여 돌아와 무대에 함께 선 기분을 느꼈다. 그런 삶은 대체 어떨까. 주인공이 되는 삶. 내일 죽어도 좋겠지? 선은 그런 생각을 하다가 하마터면 정말 단명할 뻔했다. 언제 들어왔는지 미쓰 리 언니가 자신을 빤히 바라보고 있었기 때문이다. 선은 너무 놀라 숨이 다 가빠왔다. 얼른 카세트를 끄는 선을 보던 미쓰 리 언니는 담담하게 손에 들고 있던 종이 뭉치를 잠시 내려두고 천천히 박수를 쳤다.

사무실이 아니라 무대 위에 있으셔야 할 분이었네요. 저도 그 가수 너무 좋아해요.

미쓰 리 언니가 나와 같은 노래를 좋아하다니⋯⋯. 그래도 이건 수습해야 했다. 선은 그게 아니고, 제가 일부러 카세트를 만진 건 아니고⋯⋯ 둘러대다 문득 이야기를 돌릴 좋은 거리를 발견했다. 종이 뭉치. 평소 미쓰 리 언니가 애지중지하던 것이었다. 소설인가가 쓰여 있다는.

이미 퇴근하신 거 아니었어요? 저기, 그건 뭐예요?

미쓰 리 언니는 별 표정 변화 없이 선과 종이 뭉치를 잠시 번갈아 보더니 이내 선에게 부탁 하나만 하고 싶다고 말했다. 짧은 순간이었지만 선은 미쓰 리 언니가 이전엔 보여준 적 없는 간절한 눈빛을 하고 있다고 느꼈다.

이것만 좀 맡아주세요. 미쓰 박. 이렇게 불러서 죄송하네요. 마지막까지요.

선은 문득 마지막이라는 말에 미쓰 리 언니를 바라봤다. 그러고 보니 평소 옷차림이 아니었다. 야구모자를 잔뜩 눌러써서 앞머리가 눌려 있었다. 청바지는 앞부분이 조금 뜯겨 있었는데 유행하는 그런 게 아니었다. 누군가를 피해 달리기라도 했던 걸까. 분명 어딘가에 걸려서 찢어진 모양새였으니까. 다친 건 아니죠? 선이 자신을 관찰하고 있다고 느꼈는지 미쓰 리는 제발, 부탁해요, 내용은 보지 마세요, 그러면 위험하니까요, 그냥 어디 안 보이는 데 아무 데나 두셔요, 반복해서 말하고는 미안하다고 했다. 그 순간 왜였을까. 선은 문득 그걸 숨겨주고 싶었다. 그 여가수처럼 사라질 수도 있겠지만 그래도 누군가의 무대에 잠깐 주인공이 될 수도 있을 것 같다는 느낌이 들기도 했으니까. 이런 드라마 같은 일이 자신에게 벌어졌다는 게 조금은 놀랍기도 무섭기도 그리고 신기하기도 하였으니까. 무엇보다 그 무대의 공동 주연에 미쓰 리 언니라면 기꺼이.

네, 걱정 마세요.

하지만 곧 찾으러 온다던 미쓰 리 언니는 두 번 다시 나타나지 않았다. 아니, 못 하고 있는 건지도 몰랐다. 누군가의 말처럼 정말 남영동 시체 더미에 내던져진 건지도……. 선은 남영동에서 나온 후 서대문형무소 앞을 자주 서성였다. 미쓰 리 언니가 혹시 그곳에 있을까 했지만 소식이 없었다. 선은 얼마간의 시간이 흐르고 그 소설을 읽어보았다.

여자를 때리고 구박하는 남자들이 일으킨 전쟁 때문에 이 세상이 망할 거라는 내용이 처음엔 이해가 되지 않았다. 특히 그런 남성들에 대항해서 최고의 여성 킬러가 등장한다는 언니의 소설은 너무나 현실성이 없어 보였다. 그저 그런 남자와의 사랑에 기대는 순간 여성들도 끝이라는 주장도 이해가 안 갔다. 주인공이 마지막엔 시집 잘 가는 결말로 끝날 줄 알았는데……. 하지만 왜일까. 자꾸 보다 보니 주인공이 구박당하는 모습에서 자신을 보는 것만 같았고, 그런 여성이 남자들처럼 총을 능숙하게 다루며 자신을 부당하게 괴롭히던 사람들을 처리하는 그 모습에서 쾌감을 느꼈다. 시집 같은 거 안 가도, 남자와의 연애담 없이도 재밌기만 했다. 주인공이 경찰의 지목을 피해 일본으로 안전하게 도피하는 엔딩에선 소리까지 질렀다. 그 소설의 말미엔 미쓰 리 언니 자신이 왜 이런 소설을 썼는지 이유가 적혀 있었다. 이 세상은 강한 자만이 살아남는데 그 강한 자들은 모두 남성 권력자들이라는 거였다.

로맨스가 아니에요, 이 세상은.
여자에게야말로 누아르 장르가 필요해요.
누아르는 여성 장르여야 해요.

미쓰 리 언니가 써놓은 문장이었다. 누아르가 뭐지? 내가 본 게 누아르인가? 선은 누아르가 뭔지 찾느라 한참이나 또 시간을 보내야 했다. 한참 후

에야 홍콩이란 데서 인기가 많은 〈영웅본색〉 같은 영화를 그렇게 부른다는 사실을 알게 되었다. 주윤발은 선도 들어본 적 있는 영화배우였다. 하지만 신문을 보니 그 영화는 남자 일색이었다. 여자가 주인공이라면 어떨까. 그럼 무조건 죽이는 결말은 아닐 텐데…… 선은 자신도 모르게 그런 생각을 했다. 사실 드라마야 시간만 맞추면 텔레비전에서 볼 수 있다지만 영화관 같은 델 가본 적은 없었다. 스포츠 신문에 실린 연재 소설이라는 것은 보통 남자 위인이 등장하는 역사 소설이거나 남자끼리 치고 받는 무협지가 대부분이었다. 여자가 로맨스만 좋아하는 게 아니고 세상이 그렇게 몰아가는 것 같았다. 도통 그런 것엔 재미를 붙이기 어려웠다. 사실 그래서 선은 자신이 읽기에는 소질이 없다 생각했었다. 하지만 미쓰 리 언니의 소설을 보니 아니었다. 선은 다 읽은 원고를 뒤집어보았다. 글쓴이 이성희. 이성희. 선은 그제야 미쓰 리 언니의 이름을 알았다.

많은 미쓰들이 사라져가는 동안에도 텔레비전 드라마에서는 남자를 못 만나 안달하는 여자들이 등장했다. 선은 점점 미쓰 리, 아니, 이성희 언니, 아니, 이성희 작가가 말했던 '누아르가 필요하다'는 그 말이 뭔지 알 것 같았다. 물론 전부 이해한 건 아니었다. 남자들과 같이 선의 외모 지적을 했던 언니들은? 선의 엄마는? 하지만 이제 그럼에도…….

누아르 아니면 안 되겠어요.

선은 어느 날 자신도 모르게 그런 말을 중얼거렸다. 이성희 작가가 알려준 장르잖아요. 우리도 총을 들어야 한다고. 근데 내 말, 미쓰 리 언니, 이성희 작가가 듣고 있으려나…….

미쓰 리 언니는 아직도 선의 이름을 모르고 미

쓰 박으로 알 것이다, 지금도. 그 언니가 살아 있다면…….

미쓰 리 언니, 나 솔직히 아직 모든 여자가 진짜 불쌍한 건지 아닌지 잘 모르겠어요. 무조건 여자의 권리를 찾아야 한다는 언니 말, 아직도 다 안 믿겨요. 이상한 여자도 세상에 많잖아요. 솔직히 자청해서 부장님 방에 들어간 여자도 많잖아요. 우리 어머니만 봐도 이상하거든요. 같은 여잔데. 나를 왜 그리 구박하나요? 그래서 언니 말이 다 맞는지는 아직 잘 모르겠어요.

선은 마음속으로 가만히 그리 중얼거렸다. 모두 진심이었다. 사람들도 모두 여자의 적은 여자라 하지 않든가. 하지만…… 혹시 그 여자들도 예전의 선처럼 그냥 그게 옳다고 배워서 그런 거라면? 먹고사느라 그런 걸 생각할 기회조차 없었다면? 선은 어렴풋이 미쓰 리 언니기 지신에게 새로운 세계를 열어준 것 같다고 느꼈다. 거기에 아마 진실이 있을 거 같은…….

언니, 나도 소설 좀 읽어볼래요. 언니가 좋아하는 게 뭔지, 그 세계가 뭔지 언니를 따라 나도 가볼래요. 거기에 답이 있을 거 같아요.

선은 가만히 고개를 젓다가 눈앞에 나타난 다방 건물을 바라봤다. 을지로3가. 을지다방. 분명 이곳에서 여성 노동자 독서 모임이 열린다고 했다. 원고 속에 메모지들을 선은 일일이 다리미로 다려서 보관해두었다. 언니도 살아 있으면 이곳에 오겠죠.

그러면 내 이름을 불러주고, 내 글을 읽어주겠죠. 선은 마치 자신이 오래전부터 이곳에 오기로 예정되어 있던 사람처럼 느껴졌다. 오늘 이곳에서 여성 노동자들은 이경자 소설가의 『할미소에서 생긴 일』을 읽을 거라고 했다. 여성 소설가도 있구나,

선은 그런 생각을 하니 마음이 부풀었다. 이유는
모를 일이었다.

선은 오늘 자기소개 시간에 성공한 도시 여성
의 일과 사랑을 다루는 소설을 1990년대에는 보고
싶다고 말할 참이었다. 그게 아마 미쓰 리 언니가
항상 말하고 싶었던 이야기일 테니. 물론 자신도 못
쓸 수도 있다. 하지만 걱정 없다. 알고 있다, 선은.

#서울 누아르 후기

내 이야기 어때요? 이거 이야기 되겠죠?
선은 자신이 보고 있는 것이 미래라는 것을 직
감한다. 이 소설을 쓰고 있는 작가에게 말을 걸어
본다. 이 작가는 여성사와 퀴어사를 주로 썼으니까
이것도 이야기가 되겠지, 이제는 거의 와해된 여성
노동자 독서 모임에 찾아온 이 작가. 한정현이라고

했던가……? 선은 생각한다. 지금 이 소설을 쓰고 있는 작가가 먼 훗날 그것에 대한 이야기를 지금 이 소설이 아닌 다른 소설에서 본격적으로 할 것이라는 걸 말이다.

하아, 그런데 어떻게 하죠?

아니, 왜요?

그래도 칙릿은 무리예요. 성공한 여자의 일과 사랑이라뇨. 그게 현실에 존재하려나요? 아이만 낳아도 경력 단절인데.

그때도 없어요?

네, 겉으로 보면 있을 법한데요. 에. 모르겠다. 안 되겠어요. 그냥 저는 누아르 할게요. 환상 소설로 하거나요.

제목은 그럼…….

저는 러브 누아르요.

사랑도 힘든 건가요?

힘들죠. 저희 세대는 더 힘들대요. 마음에 안 드실까요? 이성희 작가님. 아니, 박 선 님.

내가 누군지⋯⋯ 말했던가? 놀란 선은 까무룩 잠에서 깬 뒤 주변을 둘러보았다. 여전히 1987년 사람들은 매캐한 연기를 피해 비닐봉지를 쓰고 다닌다. 최루탄 냄새가 흘러넘치는 이곳, 서울에서 말이다.

참고 문헌

홍세미·이호연·유해정·박희정·강곤, 『말의 세계에 감금된 것들: 여성 서사로 본 국가보안법』, 오월의 봄, 2020.

유정숙·신순애·김한영·이승숙·유옥순·박육남·조분순·성훈화·김덕중, 『나, 여성노동자 1권』, 유경순 엮음, 그린비, 2011.

작업 일기

목표는 언제나 멜로한 엔딩

작업 일기라고 하면, 흔히 이 소설을 쓴 이유라든가 계기 같은 이야기를 분명 기대할 텐데 사실 이런 이야기를 써야겠다, 라고 생각하며 쓴 것은 아니다.

　솔직히 말해서 칙릿은 매우 난감한 주제다. 네이버에서 칙릿을 검색하면 이렇게 자세한 요약 정리 및 예시를 제시하고 있다.

대중문화사전

칙릿(Chick Lit)*

'젊은 여성'을 의미하는 영어 속어 'chick'과

문학을 의미하는 영어 'literature'의

줄임말인 'lit'을 합쳐 만든 신조어다. 젊은

여성들의 문학이라 할 수 있는 칙릿은

1990년대 중반 영국에서 시작, 미국을 거쳐

2000년대 국내에 소개되었다. 1999년

출간된 헬렌 필딩의 소설 『브리짓 존스의

일기』가 칙릿의 시작으로 평가되고 있다.

노처녀 수난 영화의 원조 격이라 할 수 있는

독일의 〈파니 핑크〉(1995)를 연상시키는

『브리짓 존스의 일기』는 2001년 영화로도

* 김기란·최기호, 『대중문화사전』, 현실문화연구, 2009(네이
버 지식백과에서 재인용).

만들어져 세계적으로 흥행에 성공했다.

미국의 로렌 와이스버거가 2003년 발표한 소설 『악마는 프라다를 입는다』는 『브리짓 존스의 일기』의 계보를 잇는 칙릿이다. 미국의 유력 패션 잡지인 『보그』 편집장 애나 윈투어의 비서로 일했던 작가 자신의 경험을 바탕으로 한 『악마는 프라다를 입는다』는 2006년 국내에 소개되어 칙릿 붐을 일으켰고, 이어 한국형 칙릿 영화라 할 수 있는 〈올드 미스 다이어리〉(2006)도 개봉되었다.

미국뿐만 아니라 국내에서도 큰 인기를 모았던 미드 〈섹스 앤 더 시티〉(1998) 역시 "선망의 대상이 되는 특이한 전문 직업군에

종사하는 이삼십대 여성 주인공의 연애와 생활, 취향을 주 내용으로 한다"는 칙릿의 정의를 생각하면 칙릿과 궤를 같이하는 작품이라고 할 수 있다.

2009년에 개봉한 칙릿 영화 〈미쓰 루시힐〉에서는 변화가 감지되는데 이제까지 칙릿의 주인공이었던 이십대에서 삼십대 사이의 평범한 젊은 여성들이 점차 사회적, 경제적으로 능력을 갖춘 골드미스와 알파걸들에게 주인공 자리를 내주고 있다는 점이 그것이다.

이럴 수가……. 이러니 나 같은 작가는 매우 난감할 수밖에 없다. 무슨 말이냐 하면 나는 1990년대와 2000년대의 성공한 이삼십대 여성에 대해 쓸 계획이 전무했고 특히 성공한 여성은 관심사가 아니었다. 성공이라니……. 내 소설이 사랑이 넘치긴 하지만, 그건 사회적으로 보면 성공이 아닌 셈이라……. 그런데 일과 사랑이 한국 사회에서 여성에게 양립된 적이 있었던가? 특히나 1990년대와 2000년대 드라마를 벗어난 곳에서 그것이 현실적으로 있었나? 싶었다. 물론 칙릿이라는 주제가 인기를 끌었던 곳은 영국과 미국이었으니 그곳에선 그것이 정말 현실적인 장르였을지도 모르겠다. 그런데 또 왜 하필 칙릿은 이성애 이야기만 가득하냔 말이다.

나는 보통 역사 속 알려지지 않은 인물을 '만들어내서' 사랑을 하는 이야기를 쓴다. 여성과 성소수자의 이야기가 공적인 역사에서는 거의 없었기 때문인데 사실 여성이라고 해도 이미 역사에 등장한 인물은 잘 쓰지 않는다. 굳이 이름이 알려진 사람의 사랑 이야기를 내가 쓸 필요는 없다고 느끼기 때문이다. 필연적으로 성공과는, 일과 사랑이 양립되는 사람들의 이야기와는 정반대되는 인물과 사랑 이야기를 쓸 수밖에 없는 게 나다. 사랑에 빠져서 죽는 사람들은 왕왕 나오지만…… 사회가 요구하는 사랑보다는 자신이 원하는 사랑을 따라가는 인물들이라 그건 표면적으로 성공이라 할 수 없으니, 그렇기에 칙릿이라는 주제가 내게 주어졌다는 이야기를 듣고는 좀 걱정스러웠다. 그래서 어느 날엔가는 모 평론가에게 나는 그냥 1980년대 여성의 이야기를 써야겠다고 하니 그 평론가가 의아한 표정으로 물었다. "아니, 칙릿이 1990년대 이전에 있긴 해요?" 나도 안다. 2000년대에도 요원하다. 하지만 소설이니까. 칙릿을 칙릿 그대로 말할 필요 없지 않나? 그렇다. 이 소설은 거기서부터 시작했다.

칙릿은 없다.

사실 나의 관심사는 언제나 역사이고, 처음엔 억지로라도 과거의 성공한 여성들을 찾아보려고 했다. 물론 없지는 않았다. 하지만 자료를 살펴보다 보니 그런 분들은 내 소설에 등장할 것이 아니라 KTV 다큐멘터리에 출연하셔야 될 것만 같았다.

그렇다고 해서 1990년대나 2000년대도 크게 다를 것 같진 않았다. 1990년대 페미니즘 이슈가 등장하는데 그 자체가 상징적으로 여성의 일과 사랑이 얼마나 양립하기 어려운 시대였는가를 오히려 보여주는 것 같다고 느껴졌다.

이러다 보니 내게 칙릿은 거의 환상 소설의 한 갈래로 느껴졌다.

그래, 그렇다면 그것을 쓰자. 칙릿=환상 소설, 이것을 말이다.

시기는 1980년대로 정했다. 문화사에서 가장

암흑기라고 불리는 이 시기, 그리고 이름 대신 '미쓰'로 불렸던 여성들의 이야기. 자료는 주로 여성 노동자의 구술 자료를 참고하였다. 미쓰라고 불리던 여성이 소설을 통해 자신의 이야기를 찾아가는 이야기를 쓰려고 했다. '미쓰 리'라는 캐릭터를 바라보면서 사랑인지 아닌지를 명확하게 두지 않는 어떤 '동경'의 감정도 함께 넣어보려고 했다. 그것이 우리가 흔히 아는 해피엔딩의 사랑은 아닐지라도 말이다. 사실 나 또한 사랑의 시작점은 항상 동경이었다.『소녀 연예인 이보나』에 썼듯이 그렇기에 새로운 세계는 좋아하는 사람을 통해 갈 수 있다고 느끼기도 했고 말이다. 선에게 많은 감정이입을 했다. 그러면서 일과 사랑으로 성공한 여성이 왜 소설의 주인공이 되지 못하나를 동시에 쓰려고 했다. 이 소설을 통해서 처음으로 내가 이 시기의 연구자 화자로 등장하지 않았다. 박 선이라는 인물은 이 시기를 다룬 내 소설 속 화자 중 유일하게 연구자가 아닌 여성 노동자이다. 당사자성 때문에 여태 하지 않았던 방식이다. 항상 나는 내가 자격이 없다고 생각했다. 내가 어떻게 그들의 마음과 상황을 모두 표현할 수 있을까, 그건 위선이라는 생각에 그렇게 하지 못하였다. 이 자체가 내게는 도전이었다.

사실 내게는 소설을 쓰는 자아 말고 연구를 하는 자아가 있고, 그 때문에 이 시기 여성 노동자의 수기를 열심히 따라 읽었다. 관련된 문학 작품들도 마찬가지였다. 읽다 보면 저절로 마음이 내려앉는 부분이 있다. 여성 공장 노동자의 사랑이라는 것이 수월하게 쓰일 구석이 없다는 것도 잘 알고 있다. 하지만 그렇기에 그들의 사랑에 좀 더 초점을 맞추고 싶었다. 그들도 분명 사랑을 하고, 누군가를 그리워하고 동경했을 테니까. 당찬 면도 있었을 것이고 그럼에도 희망을 버리지 않은 부분도 있었을 거라고 믿어 의심치 않았다. 그 시퍼런 시대에도 꿋꿋한 사람들이, 모두가 무시했던 여성 공장 노동자들에게도 그런 사람들이 있었다고 오히려 말하고 싶었다. 그래서 자신의 꿈 앞에, 좋아하는 사람 앞에 조심스러우면서도 끈질기게 희망하는 캐릭터를 만들고 싶었다. 그들의 슬픔보다 사랑에 초점을 맞추고 싶었다. 사라진 여가수를 좋아하는 박 선이라는 캐릭터는 그래서 등장했다. 박 선은 모두가 쉬쉬하는 여가수를 좋아할 때부터 이미 사랑에 당당한 여성이었다. 사라진 여성들에 대한 물음을 던지는 동시에 그럼에도 사랑하는 여성까지 함께 보여주고 싶은 욕심이 박 선과 여가수 캐릭터를 만들어낸 듯하다. 더불어 앞서 말했듯 나는 내가 과연 그들을 말할 자격이 되는가, 라는 생각에 화자를 항상 연구자에 맞추었는데 이번엔 여성 노동자에 맞추어보았다. 과연 박 선 눈에 미쓰 리는 어찌 보일까 궁금했다. 무조건 박 선의 시선으로 보고 싶었다. 물론 미쓰 리는 소설 속에서 좀 더 멋지게 그려질 수밖에 없었다. 박 선에게 미쓰 리는 여가수와 동급인데, 어찌 보면 바로 '최애'인 셈이다. 그러니까 사랑과 동경 그 자체인 인물이라 나쁜 게 그다지 보일 수가 없다. 게다가 내 생각에 미쓰 리는 박 선보다는 무언가를 가지고 있는 사람이다. 그렇기에 더 당당했을 거라고 느꼈다. 물론 그 당시 위험을 무릅쓰고 위장 취업을 하여 투쟁하신 분들에 대해 말하는 건 절대 절대 아니다. 소설 속 캐릭터에 대해 말하는 것이고, 어찌 보면 매력적이지만 개인적으로 박 선보다 확실히 많이 가진 것이 이성희라서 그런 당당한 캐릭터가 나올 수 있었다고 생각한다.

이번 소설은 나에겐 새로운 방식으로의 전환이기도 했다. 나 자신에게 솔직해보자 결심하며 시작한 소설이기에 참 솔직하게 썼다. 확장하여 이 세계를 이어 쓰고 싶다는 애정으로 마지막에 작가인 내가 잠깐 등장하기도 하는데 독자님들이 너무 거슬려하지 마셨으면 한다. (웃음)

그런데 참, 마지막을 쓰면서도 그런 생각을 버릴 수가 없었다. 진짜 칙릿은 환상 소설 아닌가? 하는. 박 선과 이성희, 사라진 여가수 셋 다 나는 몹시 사랑하지만 이 소설이 성공했냐는 모르겠다. 아니, 칙릿이 없는 칙릿 소설이, 그래서 이 소설 안에서 성공했는지는 모르겠다.

러브 누아르

초판 1쇄 발행 2024년 8월 22일

지은이 한정현

펴낸이 안병현 김상훈
본부장 이승은   총괄 박동옥   편집장 박윤희
책임편집 정수항 김정은
마케팅 신대섭 배태욱 김수연 김하은   제작 조화연

펴낸곳 주식회사 교보문고
등록 제406-2008-000090호(2008년 12월 5일)
주소 경기도 파주시 문발로 249
전화 대표전화 1544-1900   주문 02)3156-3665   팩스 0502)987-5725

ISBN 979-11-7061-171-4 (04810)
      979-11-7061-151-6 (세트)
책값은 표지에 있습니다.